AF300088

LE RÊVE

D'UN HOMME DE BIEN

RÉALISÉ,

OU

POSSIBILITÉ

DE LA PAIX GÉNÉRALE

ET PERPÉTUELLE.

PAR UN RÉPUBLICAIN.

L'an premier de la République Française.

INTRODUCTION

LA plus douce & la plus flatteuse idée, dont un homme raisonnable & sensible puisse être épris, est celle d'une paix générale & perpétuelle sur le Globe. Un ami de l'humanité, l'abbé de Saint Pierre, avoit cru possible de réaliser ce beau projet au moins en partie, en établissant entre tous les peuples de l'Europe une confédération durable, un Tribunal unique & central, ou seroient décidés par l'Equité seule, & sans jamais pouvoir recourir au droit du plus fort, tous les différents qui surviennent entre les Princes. On sçait le mot profond du Régent sur cet ouvrage du bon abbé : C'est le rêve d'un homme de bien, disoit-il. Le Régent connoissoit les Rois & les

Cours : Il savoit que la chose étoit impossible, tant qu'il y auroit des Cours & des Rois.

On a vu l'auteur du Contrat social présenter dans un abregé, avec ce style fort & lumineux qui le caractérise, tout ce que cet admirable projet a de séduisant. Mais on voit qu'il ne se fie point à sa matière, & que si son ame excessivement sensible éprouvoit une *émotion délicieuse* en espérant une paix universelle, son esprit voyoit trop bien pour y croire. J'ai toujours été idolâtre, ainsi que toute ame honnête, de cette idée si intéressante pour le Genre-humain : Mais en jettant un œil attentif sur l'état politique de l'Europe, chargée de tant de Trônes, en proie à tant de Tyrans, je voyois clairement que le projet étoit impraticable. Je nes-pérois plus & je jouissois encore. Qu'eussé-je éprouvé, si j'avois pu prévoir la révolution également heu-

reufe & inconcevable qui s'opère,
Révolution qui n'eft pas feulement
un prodige, mais comme un com-
pofé de Prodiges.

C'étoit donc une folie bien douce
& bien refpectable, mais enfin c'étoit
une folie de fe peindre toutes les
Nations de l'Europe dans une paix
folide & profonde. Mais aujourd'hui
ce fyftême eft d'autant plus agréable
& confolant, qu'on voit la poffibi-
lité de le réalifer. Oui, ce vœu de
la raifon, de la nature, ce vœu de
toutes les Religions, qui ne font point
féroces & fanguinaires, fera rempli ;
& cette guerre, la plus fameufe &
la derniere de toutes les guerres, fera
expier aux Rois les crimes & les horreurs de toutes les autres.

Tous les hommes libres & égaux,
tous les peuples véritablement amis,
tous les Palais vuides, tous les Trônes
renverfés, tous les Tyrans anéantis,
voilà ce que l'Europe heureufe &

paisible va bientôt offrir aux yeux du reste de l'univers.

Jeune-homme, qui jaloux de réunir dans un âge encore tendre la double qualité de guerrier & de citoyen, vas combattre pour la Liberté de ta Patrie, & la délivrance des peuples voisins! tu verras, bientôt après la victoire, l'Europe entiere trouver le bonheur dans les liens d'une alliance générale & indissoluble. Et si tu dois sceller de ton sang cette alliance si désirable, Ah! ne crains pas de le repandre, & souviens-toi, qu'en défendant une si belle cause, la mort même est un triomphe.

CHAPITRE PREMIER.

LES Rois ont été l'unique cause de toutes les Guerres. Preuves de leurs uſurpations & de leurs violences. Il eſt impoſſible d'avoir des bons Rois. Leur chute eſt légitime: elle eſt néceſſaire: elle eſt prochaine: elle ſera le prélude d'une Paix générale & perpétuelle.

TOUT concouroit à réunir les différentes parties de l'Europe. Sa ſituation: elle eſt bornée de trois côtés

par des Mers, & de l'autre par de
grands fleuves, & de vaſtes pays preſque déſerts; ſes productions : le ſol
eſt à peu près le même par-tout, également fertile, & produiſant à quelques
différences près, les mêmes grains, les
mêmes fruits, les mêmes tréſors. Sa
Religion, c'eſt l'Evangile ſeul qu'on
y profeſſe ; ſa politique, non celle des
cabinets, mais la politique naturelle
des peuples & le beſoin qu'ils éprou-
voient du bonheur & de la paix. Toutes
les fois qu'elle fut agitée, on voit que,
comme l'Océan qui la baigne, elle
cherchoit toujours après ſes orages à
trouver un juſte équilibre, & que cette
balance (encore très imparfaite) entre
les puiſſances, dont pluſieurs prétendus
grands Miniſtres ſe ſont fait honneur,
a été, non formée par leur genie,
mais amenée par la néceſſité même &
la nature des événemens; ſes lumieres
les ſavans de toute Nation ſe commu-
niquoient leurs découvertes, & lorſque

les hommes étoient encore ennemis, déjà les savans & les artistes François, Allemands, Italiens, étoient freres.

PAR quelle fatalité donc l'Europe, avec tant de moyens de concorde & de tranquillité, a t'elle été sans cesse désolée par des guerres affreuses & interminables? comment s'est-il fait que les traités les plus solemnels n'ont jamais été que comme des trêves passageres? on en a cherché, assigné plusieurs causes. Moi, je n'en connois qu'une, une seule: l'existence des Rois. Si, depuis les premieres époques jusqu'à nos jours, l'histoire n'offre qu'un amas épouventable de crimes, de guerres, de destructions, c'est aux Rois seuls qu'il faut s'en prendre. Ce n'est ni l'intérêt des Peuples, ni la barbarie & la férocité des mœurs, ni l'intolérance des Religions, non, ce sont les Rois seuls, qui ont causé tant de forfaits & de ravages.

1. Ce ne fut pas l'intérêt des Peu-

ples. Ah! jamais les Rois n'ont connu que les leurs, ou ce qu'ils regardoient comme tels. Or il n'est que trop évident par les faits & la nature des choses, que les intérets des Rois ne sont pas, & ne peuvent être ceux de leurs Sujets.

2. Ce ne fut pas la barbarie & la férocité des mœurs. Ah! les mœurs n'ont été si long-temps féroces & barbares, que parceque les Rois, pour mieux accabler & fouler les Nations asservies & stupides, ne cessoient de répaître de carnages & d'abreuver de sang leurs farouches soldats. C'est par le meurtre qu'on pouvoit leur plaire. Les plus cruels assassins de l'espece humaine étoient leurs courtisans & leurs favoris. Ils sont encore imprégnés du sang humain, dans les flots duquel ils prirent leur origine, les premiers titres de cette antique noblesse, qui tyrannise & déshonore encore tant de Régions, & dont la France a eu tant de peine à se purger. Les Rois étoient

dans l'Europe dévastée, comme seroient dans les déserts des Lions ru-
gissans, qui ne voudroient autour d'eux
pour amis que des Tigres & des Ours.

3. Ce fut moins encore l'intolérance des Religions. Il est vrai, la
Religion à trop souvent servi de pre-
texte aux brigands couronnés pour
ravager l'Europe. Ils savoient combien
ce motif est puissant sur la multitude,
& combien sont redoutables les armes,
que fournissent aux Tyrans la supersti-
tition & le fanatisme qu'elle enfante.
Aussi, tant qu'ils ont pu, ont-ils protégé,
fomenté, prolongé l'une & l'autre. Pour
mieux se soutenir, ils ont adossé leurs
Trônes à l'Autel. (a) Ils ont présenté au
stupide Vulgaire un double objet d'a-
doration, la Couronne & la Thiare,

(a) Je ne prétends attaquer ici que
l'abus énorme du pouvoir Sacerdotal dans
toutes les Religions connues, & non l'autorité spirituelle en elle même. Je respecte
l'Evangile & j'adore son Auteur.

le Sceptre & l'Encensoir ; & souvent
le feu, dont ils ont embrasé le Monde,
a été pris dans le Sanctuaire. Toujours
alors il fut plus difficile à éteindre,
& si dans les autres guerres on vit
couler des ruisseaux de sang , on peut
dire qu'alors il en fallut repandre des
fleuves.

Pour avoir de cette verité fonda-
mentale une preuve complette , il
n'est pas nécessaire de donner la liste
longue & dégoutante de tous les crimes des Rois. On peut la dessus s'en
rapporter au hasard. Qu'on ouvre telle
histoire, à telle époque, à telle page
que l'on voudra , on est sûr d'y res-
pirer une odeur de carnage, & d'y
voir en quelque sorte les ossemens
de plusieurs milliers de cadavres, im-
molés pour le plaisir de quelque Monarque. Et ce n'est pas seulement un Pierre le cruel, un Louis XI, un Christiern,
dont la mémoire fait horreur. Qu'étoit-
ce qu'Alexandre & César) qu'étoit-ce

(13)

que Charles-Quint & Louis XIV ? sinon
des hommes dont la scélératesse fut profonde & les cruautés inouies, des furieux, que leur siecle a du craindre plus que
des bêtes féroces, & que la posterité,
enfin éclairée par une sage & compa-
tissante Philosophie, prendra désormais pour ce qu'ils sont, c'est-à-
dire, pour de véritables monstres.

Ce dernier, par exemple, que des
Flatteurs, dignes d'un tel maître, ont
surnommé le Grand, qu'étoit-il autre
chose qu'un brigand détestable, un
infâme assassin, qui doit compte à
l'Europe de plus d'un million d'hommes, que son insatiable orgueil a fait
massacrer? est-il une contrée voisine
qu'il n'ait couverte de cadavres? est-
il un fleuve qu'il n'ait teint de sang ?
l'Espagne, l'Italie, la Flandre, la Hollande, le Palatinat deux fois incendié
&c... N'a-t-il point porté par-tout le
fer & le feu, la dévastation & la mort?
Comment Voltaire a t-il pu écrire

la vie de ce maſſacreur d'hommes & lui donner des éloges ? Ah ! qu'ils étoient méchans & vils les Poëtes & les Hiſtoriens, qui ont pu vanter de pareils exploits ! Ils sont preſqu'auſſi déteſtables que le Tigre couronné, qui mit à les ordonner ſon amuſemnet & ſa gloire ?

On raconte (*b*) qu'un certain Prince aſiatique paſſe tous les jours avant diner ſes Gardes en revue, & que pour gagner de l'appetit, il en fait ſortir des rangs une quinzáine, dont il fait ſauter la tête d'un coup de Cimeterre, avec beaucoup d'adreſſe & de dignité. Voilà certes un exercice vraiment Royal. Au moins ce Roi-là ne diſſimule pas ſes goûts. On eſt ſurpris vraiment que les Rois de l'Europe, ſi conſtamment avides de ſang, n'aient pas ſongé à ſe procurer cet innocent plaiſir. Mais ſi nós Au-

---

(*b*) Hiſtoire des Voyages.

guſtes Monarques ont négligé d'employer le Cordon ou le Cimeteire, n'avoient-il pas les Intendans, les lettres-de-Cachet & les Baſtilles ?

Mais détournons les yeux pour les fixer ſur des objets moins hideux. Les Annales du monde nous offrent de temps en temps, *tous les mille ans à peu près*, des Princes moins funeſtes à la terre, an Titus, par exemple, & quelques autres. Auſſi quand on les a vu ſur le trône, tout l'Univers a crié au miracle. On auroit du dire: » voilà » des Princes moins méchans que les au- » tres; ils ſont preſque des hommes. » Mais on étoit ſi frappé de ce phéno- mene, qu'on n'a ſçu comment exprimer l'étonnement public, & qu'on les a nommés les Peres du peuple & les délices du genre-humain. C'eſt ici que l'exception confirme la regle. Ah! délivrons-nous des Monarques, puiſ- qu'un bon Monarque eſt un Phénix, & ne peut exiſter ſans prodige.

Mais ce Titus même, qu'on donne comme le bon prince par excellence, n'avoit-il pas pris & détruit Jérusalem, après le siege le plus meurtrier dont l'histoire fasse mention? & sçait-on ce qu'il eut été, s'il eut regné plus de deux ans? Qui sçait, si l'habitude de dominer & le funeste droit de tout pouvoir, ne l'eussent pas rendu *Prince* dans toute la force du terme? Et Néron aussi, Néron lui même, se fit aimer par sa douceur & sa clémence, & durant les cinq premieres années de son regne, tout l'Empire retentit de ses louanges. Si Louis XV étoit mort à Metz, les François l'auroient pleuré comme un Roi digne de leur amour. Il a vecu & leur a fait payer bien cher & bien long-temps leur erreur. Il fut un tyran sombre & vindicatif comme Tibère, lache & voluptueux comme Sardanapale. (*c*).

____

(*c*) Dans cette multitude de Rois de

Les faſtes du monde dépoſent donc que tous les Rois ont voulu être, ou guerriers & conquérants, ou deſpotes & redoutables dans leurs états, qu'ils ont ſouvent fait la guerre aux autres peuples, & toujours à leurs propres ſujets. Reveille-toi donc, Europe entiere, belle & malheureuſe partie du monde, reveille-toi. Il eſt temps que tu jouiſſe de la Paix qu'ils ont toujours troublée, & du bonheur qu'ils ont chaſſé de tes contrées. Romps tes fers: ſois libre & ne connois plus de maîtres. Dès qu'une fois la Liberté ſera devenue ton idole, & que le

tous les pays & de tous les temps, je ne vois que Henry IV. C'eſt le ſeul bon Roi, ſi toute-fois il eſt poſſib'e qu'il y ait eu un bon Roi. Si la Royauté n'étoit pas contraire à la nature, peut-être auroit-on pû ſe ſoumettre à lui ſans regret & ſans danger. Encore pour le bien apprécier, faut-il convenir que s'il eu le cœur bon, il eut le caractere hautain & dominant, & que trop ſouvent il prit le langage & le ton du deſpotiſme principe d'une sage égalité sera le fondement de tes Loix, alors on verra naître enfin dans ton sein la concorde générale & la félicité publique, dont jamais encore tu n'as pu jouir. Tu le vois par l'exemple de la France. Rien n'est plus facile que de faire disparoître la Noblesse & les Rois: Il ne faut que le vouloir. Signifie à tes Tyrans, que tu as secoué le Joug & brisé tes Liens, & sur le champ leurs sceptres & leurs couronnes rouleront sous tes pieds. Ils sont déjà tremblants: déjà, comme ce Tyran de Babylone, ils croient voir leur condamnation écrite sur les murs de leurs palais : déjà ils ont mesuré toute la profondeur de l'abime qui les atend, & ce précipice, au penchant duquel ils se trouvent, les fait pâlir d'effroi. S'ils ne craignoient pas pour eux mêmes, seroient-ils venus mal-à-propos engraisser de cadavres les frontiéres de France ? Que leur importe la révolution Française,

& par quel intérêt prétendent-ils s'en mêler, s'ils ne voient fur l'horifon de leurs états fe former contre eux les mêmes orages. Ah! n'en doutons pas, un preffentiment infurmontable les agite & les trouble. Ils fentent bien que cette guerre fi immorale, fi injufte, fi inconféquente de leur part, cette guerre qu'ils ont commencée comme des brigands, qui conduiroient des hordes de barbares, fera le dernier de leur crimes.

Oui tu cederas à l'opinion générale & tu jureras fincerement les droits de l'homme & l'égalité civique, ou tu difparoîtras de la furface du Globe, Maifon de Bourbon, qui te croyois inébranlable, parce que tu fiégeois fur trois Trônes, c'eft-à-dire, parce que trois grands empires gémiffoient fous tes Loix tyranniques.

Et toi auffi, Maifon de Lorraine & d'Autriche, qui depuis près de fix fiècles as feule dévoré autant d'hommes peut-être , qu'il en exifte actuellement dans toute l'Europe; famille exécrable , dont les forfaits furpaffent en nombre & en grandeur tous ceque l'imagination peut fe peindre, & tout ce que l'efprit peut calculer de crimes & d'horreurs.

Et toi , déteftable Catherine II tu defcendras au tombeau peut-être, avant de defcendre du Trône. Mais les lumieres de la philofophie & le faint amour de la Liberé penêtreront auffi dans le Nord avec rapidité; & fi tu ne veux voir ta chute , hâtes – toi d'exhaler ton ame atroce. Vas rejoindre l'ombre fanglante de ton mari, victime de ton ambition , & s'il eft un Dieu vengeur, vas recevoir la peine des crimes, par lesquels tu as ufurpé & confervé le diadême.

Les Rois malgré leurs frayeurs, ont encore des efpérances : ils comptent beaucoup fur leur éternelle protectrice, l'ignorance. Ils fe font plus étroitement que jamais unis d'intérêt avec les caftes nobles & les Tribus sacerdotales. La superstition tient encore sous sa tutelle funeste certains peuples , pour qui l'aurore de la Philosophie est à peine levé, & leur prêche que la conscience leur défend de se soustraire à l'obéissance de leurs Monarques. Mais quels sont donc les droits & les titres primitifs de ces Monarques, dont la personne est si sacrée pour leurs flateurs ou leurs dupes? ils n'en ont jamais eu d'autres que la guerre & les meurtres, l'usurpation & la violence. Je citerai des faits. C'est la plus irréfragable de toutes les preuves, & pour n'être pas trop long, je me contenterai de quelques exemples.

L'Empereur Ferdinand I. est à peine élu Roi de Hongrie, par le suffrage libre des Habitans, qu'il conçoit sur le champ le dessein de rendre cette Couronne héréditaire dans sa famille. Ses successeurs suivent ce projet & violent ouvertement les Loix de leurs nouveaux Sujets: les Hongrois après s'être

plaint, mais inutilement, veulent refifter à l'oppreffion : ils font à la fin
vaincus & forcés de preter les mains
aux fers des tyrans Autrichiens. (*d*)

La domination de cette race par-
jure fur la Tranfilvanie eft une ufurpa-
tion plus manifefte encore. C'eft un
trait hiftorique vraiment curieux. Le
Grand Turc qui n'avoit aucun droit
fur la Tranfilvanie la céde néanmoins,
par l'article 1. du traité de Carlowits,
à l'Empereur Léopold I, qui s'en met
en poffeffion. Remarquez que Léopold
avoit lui-même, deux ans auparavant,
par le traité de Vienne en 1686, garanti
autentiquement aux Tranfilvains leurs
privileges & leur indépendance. Ceux-
ci prennent les armes pour déffendre
leur Liberté : ils font battus, & alors

(*d*) C'eft une pefte que les titres hé-
réditaires, la Royauté furtout. Soumettez-
vous à un Roi, tel qu'il foit, héréditaire,
eleétif, ou conftitutionnel, vous en ferez
punis. Il eft impoffible qu'un homme, qui
croit avoir des Sujets, *veuille leur bien.*

le brigand de Vienne n'eſt plus un
uſurpateur, que chaque Tranſilvain
avoit évidemment le droit d'égorger,
c'eſt un Prince clément, qui veut
bien pardonner à des Sujets rebelles,
& ne pas exterminer des Peuples re-
voltés. Grand Dieu! voilà ce que l'on
a vu, & l'on oſe parler aux Peuples
de conſcience & de fidelité à l'égard
des Rois, tandis que les Rois n'ont
jamais eu ni fidélité, ni conſcience à
l'égard des Peuples! (e)

(e) » Bien des Jurisconſultes ont
» mis en queſtion, ſi l'Empereur d'Alle-
» magne n'étoit pas le Souverain naturel du
» monde, & Barthole a pouſſé les choſes
» juſqu'à traiter d'hérétique quiconque
» oſeroit en douter, » ROUSS. Jugez
d'après une theſe auſſi probable& d'après
la déciſion du fameux Barthole, qu'elleeſt
l'audace de la Nation Françoiſe & la har-
dieſſe de nos Braves Sans-culottes. Quoi !
avoir oſé reſiſter à François de Lorraine,
le Souverain naturel du monde, qui venoit
tout ſimplement pour rétablir les Tyrans,
l'engeance des Nobles & le Clergé réfrac-

Et de nos jours, n'a-t'on pas vu des Despotes renchérir sur les violences & les usurpations de leurs prédecesseurs. N'a t'on pas vu le Prince d'Orange violer ses engagemens & les Loix de sa Patrie, opprimer la Liberté de la Hollande, & devenir presque Roi, de Stathouder qu'il étoit? n'a t'on pas vu Joseph second, d'horrible mémoire, employer, avec un degré profond de scélératesse, tout ce que la politique la plus noire peut imaginer dans le cabinet des mauvais Princes. Elle a fait frémir l'Europe & contribuera sans doute à la délivrer, la lettre que ce monstre écrivoit au digne exécuteur

---

taire ! & qui pour commencer cette besogne si belle & vraiment Impériale, a ravagé nos Frontieres & bombardé nos Villes, doux prélude de ce que ce bon Prince vouloit nous faire ! quelle impiété de notre part! Nous devions en conscience nous laisser égorger.....

cuteur.

de ses ordres barbares, le général
d'Alton. » , j'aime mieux voir les
« Villes détruites & renversées, que
« revoltées. »

Et ce fou, dont un heureux coup
de poignard vient de délivrer la Suede,
n'a-t-il pas constamment suivi le projet
d'asservir & d'opprimer son Pays? &
de quel droit le *Grand*, c'est-à-dire,
le sanguinaire, l'ambitieux Fréderic
a-t-il, à plusieurs reprises, dévasté &
enfin envahi la Silesie? de quel droit
les Puissances co-partageantes ont-elles
ravagé, puis démembré la Pologne?
de quel droit la Czarine a-t-elle confis-
qué la Crimée? &c...&c.... Tous les
traités de paix jurés ou rompus, toutes
les déclarations de guerre, tous les
manifestes font-ils autre chose que des
monuments de l'injustice & de la funeste
ambition des Rois? quand même il
seroit aussi vrai, qu'il est absurde, que
des Potentats puissent posseder des
Provinces & des Nations, il faudroit

B

encore leur ôter ce dont ils font actuellement en poffeffion, puifqu'ils
n'ont prefque rien, qu'ils ne l'aient
envahi & ufurpé fur leurs voifins, ou
fur l'indépendance des Peuples. (ƒ)

Mais laiffons le rôle d'hiftorien, ne
foyons que Philofophe! Ne cherchons
pas plus long-temps a prouver par des
faits aux Nations, qu'ellespeuvent lé-
gitimement détruire tous ces coloffes
d'autorités illégitimes. Un feul raifon-

(ƒ) On s'eft fervi, furtout en France,
des cérémonies religieufes, pour augmenter
& rendre inviolable l'autorité des Monarques. Comment refifter aux volontés d'un
Roi, facré avec une huile fainte & toute
célefte ? ce conte de la fainte Ampoulle fer-
voit merveilleufement à enchaîner, à aba-
tardir les Peuples. Quelle différence entre
les Bourbons & ces premiers Rois Francs,
choifis par la Nation & élevés furunpavois!
Qu'on montre quand & comment la Nation
a augmentée lapuiffance de fes Rois? Jamais.
Mais on fera voir comment ils l'ont aggran-
die par l'adreffe ou la violence ; quand

uement suffit & prouve invinciblement
que c'est pour elle non seulement un
droit, mais un devoir. Si les Monarques ont quelque autorité réelle, ce
n'est que comme dépositaires, comme repréfentants des Peuples, qui la leur ont
confiée pour leur repos & leur bonheur,
ne foupçonnant pas l'abus énorme, qu'ils
en devoient faire. Or on peut, dans
tous les temps, & furtout on le doit
lorsqu'ils en abufent, retirer les pou-
voirs à des repréfentants & des man-
dataires. Les Nations peuvent &' doi-

telle prérogative de l'autorité Royale, à été
introduite par la force & admife par la
foiblelle. Ils faifoient un pas de Defpotes,
auffi-tôt tous les favants fe réunilloient pour
les foutenir par leurs difcours & les Nobles
par leurs épées. Ce font les armes des fol-
dats, qui par une fuite d'ufurpations, ont
introduit en France cette maxime abfurde
» Si veut le Roi, fi veut la Loi. » Elle feroit
plus jufte, fi l'on eut dit » Si veut la Loi,
fi doit vouloir le Roi. » Mais pour la mettre dans toute fa vérité, il faut dire » Si
veut la Loi, jamais un Roi ne le voudra.

vent donc renverser partout l'édifice effrayant de la Monarchie.

Nations Européennes, levez-vous donc toutes ensemble. Rendez universel, par le changement d'un mot, le décret fondamental de toutes les opérations de la Convention Françoise. Prononcez d'une voix forte & terrible cette sentence des Tyrans: » LA ROYAUTÉ EST ABOLIE EN EUROPE » Ce mot seul sera comme un coup de tonnerre, qui dans un moment anéantira tous les Rois & fera crouler tous les Trônes. Vous avez entendu le canon, qui a écrasé le despotisme aux Thuileries: ce n'est pas envain que le son en a retenti du midi jusqu'au nord. Montrez-vous comme nous avec énergie. Le plus difficile est fait: il suffit que la Majesté vaine & empruntée des Monarques, ait une fois plié sous la souveraine & véritable Majesté du Peuple. Plongez le tyran d'Espagne dans le Tage, ou celui d'Allemagne dans le Danube, & vous ne verrez plus ni Princes, ni Rois accourir pour les fauver du Naufrage. Louis XVI, malgré le phantôme effrayant de fa puiffance, malgré la ligue de tous ces Potentats, fi grands en apparence, & néanmoins fi foibles, a vu brifer fon fceptre dans fes mains. Eft-ce que Frédéric-Guillame ou François II font des êtres plus formidables que lui ? leurs forces individuelles font les mêmes, Ils n'ont de ftabilité que dans l'attachement & l'opinion des Peuples. Or l'opinion, qui s'étend avec une viteffe inconcevable, portée fur les ailes de la véritable philofophie, les condamne; & loin de mériter l'amour, ils fe font fait un jeu de provoquer, par mille odieux moyens, la haine & l'indignation publique.

Il leur reftera tout au plus quelques efclaves. Mais quand ils pourroient en armer encore des milliers, que feront des milliers d'efclaves contre des hommes libres? demandez-le aux troupeaux conduits par le bravache Brunswick, & le bombardier Albert de Saxe. Vit-on jamais de vils animaux attaquer avec succès de généreux Lions, ou de tristes hiboux combattre les Aigles? Les despotes se ressemblent tous, se tiennent tous: Il ne peut y avoir pour eux deux destinées différentes. La chute des uns entraine nécessairement celle des autres. C'est comme une chaine funeste dont le poids accabloit l'univers. Les François, après mille efforts, ont brisé le premier chainon ; tous ceux qui le suivent vont se précipiter les uns sur les autres. Oui, l'heure fatale est venue : le jour des vengeances, ou plutôt de la justice & de la raison, ce jour désiré depuis tant de générations est arrivé : tous les Potentats sont expirans, & demain l'on dira » Le despotisme n'est plus. »

CHAPITRE II.

*Assemblée des Nations en Conven-
tion Européenne, pour l'établissement d'une République générale,
& d'une Paix perpétuelle.*

Voilà donc la face de l'Europe heu-
reusement renouvellée. Plus de Rois,
dès lors plus de ces ministres, pires que
les Rois. Plus de ces Vampires sub-
alternes, qui se gonfloient à force de
sucer les Peuples. Plus de ces Ducs,
Comtes, Marquis, Barons &c. Plus
de ces Nobles de toutes les couleurs
& de tous les titres, dont l'air auda-
cieux & méprisant, dont l'ame hau-
taine & vile en même temps, étoit
un supplice continuel pour l'utile cul-
tivateur, l'artisant laborieux, l'homme honnête & pauvre. Plus de ces abus
monstrueux, dont nous avons tant

gémi. Plus de ces impots arbitraires
& intolérables, dont nous étions acca-
blés. Plus de ces folles dépenses, de
cet odieux Gaspillage, de ce luxe in-
fultant qui fcandalifoit, indignoit, ir-
ritoit les peuples. Plus de Rois, dès-
lors plus de guerre, c'eft-à-dire
qu'avec les Rois, nous verrons dif-
paroître la plus effrayante de toutes
les calamités, le plus horrible des fléaux,
ou plutôt toutes les calamités, tous
les fléaux enfemble.
— Alors commencera l'Ère de la félicité publique. Une paix générale &
perpétuelle en fera la bafe. Non, ce
n'eft plus ici ma fenfibilité qui m'abufe,
non, ce n'eft plus une douce illufion
qui me féduit. Mes efpérances ne font
plus celles d'un homme en délire;
la raifon ne les défavoue pas, & les
circonftances en facilitent merveilleufement la réuffite. Si le projet de
la paix univerfelle autrefois n'étoit
qu'un fonge, c'eft que les peuples dor-

nioient encore. Mais aujourd'hui qu'ils
font éveillés, rien de plus facile à réalifer, rien de moins chimérique que
cette idée raviffante & délicieufe. Il
me femble déjà que des fages, des
philofophes choifis par le vœu des peuples, partent de leurs villes refpectives
pour fe rendre à la Convention Européenne & former la plus augufte &
la plus utile affemblée de l'univers.
Allez, illuftres dépofitaires du bonheur public, allez confacrer les feuls
grands, les feuls vrais principes, &
promulguer les droits naturels & politiques de l'homme: allez & furpaffez,
dès vos premieres féances, tout ce qu'on
raconte de la juftice des Amphictyons
& de la fageffe de l'Aréopage.

Mais n'anticipons pas fur les événemens & tachons d'examiner de fang
froid, s'il eft poffible, tout ce que le
fpectacle de l'Europe préfentera alors
d'intéreffant & d'admirable, & s'il
s'élevoit quelques nuages autour du

berceau sacré de la paix générale, essayons avec sagesse de les dissiper. Pour cela faisons-nous deux questions importantes, & tâchons d'y repondre, tantôt avec évidence, lorsqu'il s'agira de principes & de purs raisonnemens, tantôt d'une manière conjecturale, mais très-probable, lorsqu'il s'agira d'événemens ultérieurs qu'on ne peut exactement prévoir. Car il est clair que l'esprit le plus pénétrant ne peut deviner toutes les modifications, que des faits imprévus pourront donner à notre projet. Il suffit qu'il subsiste & s'exécute pour le fond : des circonstances peu intéressantes ne doivent pas en ce moment nous occuper.

PREMIERE QUESTION.

Quelles seront les bases de la repré-
sentation mutuelle, & dans quelle
proportion pourra-t-on fixer le
nombre des Députés respectifs à la
Convention Européenne?

Dès qu'une fois les peuples ne seront
plus acharnés les uns contre les autres,
par les caprices ambitieux & les haines
meurtrieres de leurs Rois, ils sçauront
bien faire disparoître les obstacles, qui
pourroient les empêcher de cimenter
entre eux une paix durable. Devenus
amis & freres de rivaux & d'ennemis
qu'ils étoient, ils auront bientôt trouvé
le mode d'une représentation égale
& suffisante pour chacun d'eux. Ils voudront fortement l'association générale,
& cette volonté seule applanira sur le
champ toutes les difficultés. Les Rois
cherchoient a se tromper, à se ruiner

les uns les autres. Il falloit que les plus foibles fussent toujours sur leurs gardes, pour n'être pas dévorés par les plus forts. D'un autre côté, les puissances égales cherchoient à humilier leur rivales & à se donner la prépondérance. De là des défiances mutuelles, des précautions excessives, une politique d'autant plus vantée, qu'elle étoit plus fausse, & plus dissimulée ; de là des préséances pour les Ambassadeurs, un cérémonial absurde & ridicule, des congrès inutiles, des assemblées de plénipotentiaires, qui n'aboutissoient à rien, qu'à étaler l'orgueil & les prétentions des Princes.

Mais ici les choses seront bien dif-férentes. La confiance mutuelle dictera elle-même le mode de convoquer & de constituer la convention Européenne. Qu'un seul député soit envoyé de chaque République partielle, (& ce mode paroît plus conforme au grand principe de l'Egalité des droits.) ou que chacune d'elles en envoie plufieurs, à proportion de fon étendue & de fa population, le bien s'opérera toujours également. Dans cette derniere hypothèfe, fi Geneve envoie un Repréfentant, alors la France ou l'Efpagne devroit en envoyer un grand nombre. Mais on pourroit ftatuer que chaque état, quelque petit qu'il foit, en auroit toujours au moins un ; & que les plus vaftes fections de l'Europe ne pourroient, quelqu'étendues qu'elles fuffent, en avoir qu'un nombre déterminé, dix ou douze, par exemple. Outre qu'une proportion exacte & de rigueur eft impoffible, on voit qu'elle n'eft pas néceffaire pour des peuples, réfolus de s'aimer & de ne plus s'entredétruire.

D'ailleurs je fuppofe & je crois probable qu'alors les Repréfentans à la convention feroient juges - arbitres dans les différents, qui pourroient s'élever entre les autres Nations, mais feulement avocats, lorfqu'il s'agiroit des intérêts de leurs Républiques par-

ticulieres, Ils pourroient alors non plus
voter pour ou contre elles, mais seulement deffendre leurs droits & plaider
leur cause. On dira peut-être que cette
disposition seroit peu sage, en ce
qu'alors chaque député se croiroit, non
plus le représentant de l'Europe entiere,
mais de tel ou tel pays en particulier.
Je réponds au contraire qu'il seroit
vraiment le représentant de la République générale, puisqu'il prononceroit
comme Juge dans tous les cas, excepté
dans ceux, ou les intérêts privés de
sa Nation pourroient influencer son
opinion. Il faut qu'un Législateur soit
impassible comme la Loi, qu'il doit
offrir à ses commettans. Il faut qu'un
Juge, qui doit prononcer sur les plus
grands intérêts possibles, ceux de peuple
à peuple, soit à l'abri de tout ce qui
pourroit le faire pencher pour l'un,
plutôt que pour l'autre. Or cette mesure
peut seule produire ce salutaire effet.
Un député pourra dans ce cas suivre

le mouvement de son cœur, en def-
fendant sa Patrie à la tribune Européenne. Mais il se trouvera dans l'heureuse impuissance d'émettre un suffrage
injuste ou déraisonnable, trop souvent
arraché par la plus belle de toutes les
passions, l'amour de son pays. Je crois
bien difficile, pour ne pas dire impossible de faire totalement abstraction
de l'intérêt national. Au reste qu'on
approuve, ou non. cette disposition,
on ne peut nier au moins qu'elle ne
soit propre à retablir le sistême de
l'Égalité, dans l'hypothèse, ou les
députés seroient en raison de l'étendue
& de la population des Empires.

Il est d'ailleurs assez inutile de présenter la dessus un projet, qui ne peut
être bien clair & suffisamment déterminé, On n'a point pour cela les don-
nées nécessaires Car à l'instant ou sera
convoqué le Congré général, on ne
sait pas quel sera le nombre des sec-
tions de l'Europe. On peut assurer que

plus elles seront multipliées, plus leur Fœdération sera heureuse & tranquille, plus leur Gouvernement sera facile & durable ; à peu prés comme les petites propriétés sont plus fertiles, & s'exploitent plus facilement que les grandes. Bornons les Empires, mais étendons la fraternité. Tous les grands Philosophes qui se sont mélés de politique, n'ont là dessus qu'une voix & qu'un conseil. Tous ont prétendu, tous ont démontré que ce n'est point l'étendue du territoire, mais une Constitution sage & une population nombreuse, qui font la gloire & la force des Peuples, D'après les mêmes principes, lorsque l'Empereur & les mille tyrans, qui nés du régime féodal, pésent encore sur la Germanie, seront anéantis, les Sages de cette vaste contrée conseilleront sans doute à leurs Compatriotes, de se partager en beaucoup d'associations particulieres, dont les divisions, déjà tracées d'avance, subsistent pour la pluparts depuis long-temps, & composent les différents membres du monstrueux corps Germanique.

Au reste, quoiqu'il en soit de ces reflexions, quelsque soient le nombre & la forme adoptés pour la représentation Européenne, j'avertis que je suppose les hommes, non plus tels que les despotes les avoient faits, avares, ambitieux, injustes, & cruels, mais tels qu'ils sont, ou tels qu'ils seront sous le Regne de l'Egalité, justes, bons, généreux & désinteressés. Si l'espece humaine, dégradée & pervertie sous des maîtres jaloux, orgueilleux & sanguinaires, n'est pas totalement régénérée; si une morale douce & bienfaisante, si un ardent & sincere amour de l'humanité, ne remplacent pas les rivalités passées & les anciennes défiances, alors le grand projet qui m'occupe n'est plus que ce qu'il étoit sous les Rois, une douce illusion, une belle chimere. Éh ! que nous serviroit de les avoir chassés, si nous n'étions meilleurs qu'eux ? Ah ! conservons nos mangeurs d'hommes couronnés ou titrés, si nous voulons nous-mêmes toujours être Antropopages !

On sent bien que dans cette Assemblée générale, convoquée pour un temps limité, & renouvellée toute entiere à une époque determinée, la présidence seroit alternative, soit par voie de scrutin, soit simplement tour à tour & par le sort. Quant au lieu des séances, chaque République à son tour posséderoit la Diete Européenne. Chacune auroit un Palais simple, mais vaste & Majestueux pour la recevoir. Cet édifice public devroit être le plus grand, le plus bel édifice National, puisqu'il seroit le temple de la Paix & des Loix, puisque c'est là que la raison, la justice & l'humanité rendroient leurs oracles.

SECONDE QUESTION.

Quels feront les principes confacrés d'abord par les Legislateurs pour rendre indiffoluble le nœud fédératif de la République Européenne, & mettre chaque état particulier dans l'impoffibilité de rompre jamais la Paix générale?

Le Senat Européen, une fois affemblé & conftitué, pofera d'abord le grand principe de la Liberté naturelle & politique, & de la parfaite Egalité de tous les Peuples entre eux, & de tous les Individus qui les compofent.

2. Il reconnoitra d'une maniere authentique & proclamera folemnellement les droits de l'Homme & du Citoyen.

3. Il déclarera que la Conftitution, qu'ils préfenteront a l'Europe, ne fera regardée comme telle, qu'après avoir

été fanctionnée & acceptée par tous les Peuples.

4. Il confacrera la tolérance la plus univerfelle & la plus illimitée en matiére de Culte & d'opinions Religieufes.

5. Il prononcera que chaque Nation, faifant partie de la République Européenne, pourra vivre fuivant telle Conftitution Nationale & fe donner telles Lois locales, qu'elle jugera à propos, felon la différence des Climats, & des mœurs qui leur font propres.

6. Il fera jurer à chaque Député au nom de la Nation, qui l'aura envoyé, qu'elle renonce pour toujours à toute efpece de conquête, & qu'elle ne veut conferver que fes poffeffions & fes limites actuelles.

7. Il ftatuera que tous les anciens traités d'alliance offenfive & deffenfive font annulés de droit & de fait, & que toute nouvelle Fédération particuliere

entre des Nations voifines, fera regardée comme illégitime & attentatoire à l'affociation générale.

8. Enfin il décidera que jamais des Peuples Limitrophes ne pourront terminer leurs differents par les armes, ni recourir au droit du plus fort, mais qu'ils attendront le jugement arbitral, & fe conformeront, dans tous les cas, a la fentence définitive de la Diéte.

Voilà les bafes néceffaires du nouveau droit public de l'Europe. Une Paix profonde & inaltérable en eft la conféquence immédiate. C'eft le premier bien qui coule de ces principes facrés, & d'après eux, il eft évidemment impoffible qu'on puiffe jamais la troubler, que dans des cas bien rares, & pour quelques inftants feulement ; puifque ces maximes d'une politique faine & bienfaifante ôtent tout prétexte de déclarer la Guerre, & tout moyen de la faire ou long-temps, ou avec fuccès.

Dés que ces bafes feront pofées &

folidement] établies , la Convention s'occupera de la Conſtitution Européenne & de la Législation générale.
Elle réglera d'abord ſa police inte-
rieure, la maniere de voter, le nombre des voix qui feront la pluralité ,
les conditions pour qu'un Décret foit
d'urgence, foit de circonſtance, foit
conſtitutionel, ait force de Loi. Elle
donnera le mode d'exécution de ſes
Décrets, & la maniere de pacifier, par
voix de conciliation, les mouvemens
populaires ou les Guerres civiles ,
qui s'éleveroient dans quelque partie
du corps politique. Elle déterminera
quelles feront les regles générales du
Commerce entre les Peuples, comment
ils viendront au fecours les uns des
autres par le tranſport & la cir-
culation des fubſiſtances. Elle fixera
le nombre des Troupes & des Flottes
néceſſaires, pour mettre l'Europe à
l'abri de toute invaſion étrangere, &
pour contenir, ou traiter en ennemi

public celui des alliés, qui résisteroit
aux décisions du Congrès, & se mon-
treroit infracteur du Concordat.

CHAPITRE III.

*Ce sistême de félicité publique est
fondé sur la Nature. Avantages
infinis qui en résultent pour la population, pour l'agriculture, le
Commerce & les mœurs. Etablisse-
ment progressif de la Paix perpétuelle sur toutes les parties du
Globe.*

Il seroit téméraire d'entrer dans aucun
détail sur ces objets & sur mille autres,
qui feront les pieces essentielles ou
intégrantes de la Constitution Européenne. Les changements qui vont se
faire dans les différentes Régions, don-
neront un nouvel ordre de choses,

qui réglera la marche de la Convention, Les Philofophes qui la compoferont, fauront, dans leur fageffe, confulter l'efprit public, s'accommoder aux circonftances, faifir l'enfemble de tous les Gouvernemens particuliers, & n'offrir comme Loix Conftitutionelles, que ce qui pourra leur convenir à tous également.

O qu'il fera grand le jour, où les Législateurs, ayant fini leur ouvrage, préfenteront à la fanction de l'Europe entiere la plus parfaite & la plus fublime Conftitution qu'on ait jamais vue dans l'univers! Qu'il fera beau le moment ou s'organifera le Corps immenfe de la République Européenne! ô Regne de l'Egalité, de la juftice & de la paix, que vous êtes défirable! ô Comme nous allons effacer tout ce qu'on raconte de la Gréce & de Rome! ô que nos Lois feront fupérieures à celles de Solon, de Lycurgue & de Numa, qui ne regardoient qu'une Province,

qu'une

qu'une Ville, & qui n'avoient point
le principe facré de l'Egalité pour bafe!
O que notre patriotifme fera plus
épuré, plus expanfif que celui des
Spartiates, & nos Vertus plus fociales
& plus folides que celle des Romains, qui
moins courageux, que féroces, ont conf-
tamment enfanglanté la Terre! Non,
ces farouches conquérants n'auroient
pas été plus funeftes au genre-humain,
quand même ils auroient eu des Rois,
pour les animer aux maffacres, & les
conduire aux brigandages. Toutes ces
Républiques anciennes, qu'on fait fon-
ner fi haut, n'en avoient que le nom.
Ce n'eft que parmi nous qu'on verra
des Républiques véritables.

Peuples de l'Europe, hâtez donc vos
brillantes deftinées. Voyez le bonheur
& la paix, qui defcendent du Ciel,
pour venir à jamais habiter parmi vous.
Voyez ce que vous étiez fous l'empire
de vos Tyrans, & ce que vous ferez
après leur chute, lorfque l'humanité,

C

lá fraternité ; ne feront plus de tant
de peuples qu'un feul peuple. Voyez
du fein du Féodalifme & fur les ruines
de l'Ariftocratie, s'élever une Europe
toute nouvelle, pleine de jeuneffe &
de vigueur, heureufe & paifible au-de-
dans, redoutable & invincible au-
déhors. Voyez deux cents millions
d'individus acharnés autrefois à fe
détruire, fans fe hair, même fans
fe connoître, s'unir enfin pour toujours, s'aimer fincérement, s'identi-
fier les uns avec les autres, & ne
faire qu'une même & vafte famille.

O quand pourrai-je peindre comme je les vois, comme je les fens,
les avantages infinis que cette affociation doit produire! Quand je me les
repréfente, mon imagination s'éxalte,
mon efprit s'agrandit, je m'égare dans
les autres, pour me trouver moi-mê-
me plus grand, plus fort, meilleur
& plus heureux. Je vois avec tranf-
port tous les Peuples obferver reli-

gieusement les conditions & les Loix
du Concordat Européen, le chef-
d'œuvre de la saine Philosophie, &
de la bonne politique. Je vois une
bienveillance universelle regner entre
tous les Individus, l'harmonie sociale
s'étendre dans une sphére immense,
mille nouveaux rapports s'établir &
avec eux naître mille jouissances nou-
velles.

Oui, ce systéme d'une pacification
générale tient aux principes primitifs & éternels. Il est dicté par la nature.
Il coule de deux sources bien véné-
rables qu'on a pu troubler quelquefois,
mais qu'on ne sauroit déssecher ni
tarir, la raison & l'amour de soi-même.
La raison n'a-t-elle pas été donnée à
l'homme, pour lui faire distinguer &
aimer son semblable ? ne condamne-
t-elle pas cette barbarie profonde,
où vivoient les premiers Peuples, sans
relation les uns aux autres & ne se
connoissant que pour se détruire ? n'a-

t-elle pas en horreur les scenes de carnage, que les Rois, Bourreaux du monde, renouvelloient sans cesse. Il s'est trouvé des gens qui ont pu avancer, & qui ont osé soutenir que *la guerre étoit nécessaire*. Oui, barbares Monarques, nécessaire à vos passions, à vos caprices; nécessaire à tous ces monstres qui vous environnoient, qui s'enivroient de sang à votre exemple & pour vous plaire; & c'est du milieu de vos cours abominables qu'est sortie cette affreuse maxime, cet horrible blasphême contre la nature. Comme si elle n'employoit tant de soins conservateurs pour protéger l'Homme, cet être précieux & son enfant chéri, que pour procurer aux Rois le plaisir de le détruire; comme si elle n'avoit pas seule le droit de vie & de mort sur ce qu'elle a crée; comme si, lorsqu'elle le juge nécessaire à son systême général de l'existence des êtres, elle n'avoit pas à ses ordres plusieurs gen res de deſtructions, pour débarraſſer par intervalle la Terre, de l'excédent d'Individus qui la ſurchagent. La nature peut ſe montrer terrible dans ces cas rares & extraordinaires, mais elle l'eſt moins encore que les Rois ne le ſont d'habitude. Tous ſes fléaux ſont moins funeſtes à l'eſpece humaine que la Guerre, l'amuſement favori des Deſpotes; & le Tonnerre a moins détruit d'Individus depuis le commencement du monde, que le Canon n'en détruit en une ſeule Campagne.

L'amour de ſoi-même eſt la ſeconde ſource, d'ou dérive le ſyſtême d'une Paix générale. Car l'amour de ſoi-même bien entendu eſt le lien de toutes les Sociétés, & le ſçeau de toutes les vertus morales & Civiles; & ſi les Hommes s'aimoient bien, ils feroient tout pour cette Paix de peuple à peuple. Ils l'établiroient & la maintiendroient pour leur utilité, pour leurs

plaiſirs & leur conſervation réciproque.
Une bataille qui coute vingt mille
hommes au vaincu, en coute toujours le
quart ou moitié aux vainqueurs. N'eſt-
ce pas une folie de courir à ce prix,
comme des furieux, à une victoire
même certaine, quand il y a un contre
deux à parier qu'on reſtera ſur le
champ de bataille ; ou que ſi l'on en
revient, on aura pour tout avantage
l'honneur de ſuivre, avec quelques
membres de moins, le Char de triom_
phe du général, & d'entendre chanter
les exploits du Prince courageux &
magnanime qui vient d'exterminer ſes
ennemis, & qui pourtant n'eſt pas
ſorti de ſon palais, & n'a pas perdu
une partie de chaſſe, ou de plaiſir?
O la belle gloire que cette gloire là!
ô le beau Titre à l'eſtime publique
que de montrer le reſte de ſa vie un
corps mutilé, une poitrine cicatriſée
au ſervice d'un aſſaſſin couronné, dont
on a été, non pas le deffenſeur,

(55)

mais le complice. O que ce qu'on appelle
un héros dans l'armée d'un Despote,
est un Être petit & méprisable aux
yeux d'un Philosophe !

Disparoissez donc, vaines imagina-
tions des Princes & de leurs ministres,
qui veulent toujours s'isoler eux &
leurs peuples, afin de faire croire aux
Nations séparées & rivales, que la
tranquillité des États dépend de leurs
opérations diplomatiques, & de leurs
dispositions guerrieres. Disparoissez,
funestes préjugés, qui changiez en
héroïsme l'infernale manie du carnage,
& qui trouviez glorieux des Lauriers
ensanglantés ; & vous, aussi futils principes de Machiavel, d'Hobbes & de
tous ces publicistes, ennemis de l'Humanité, & fauteurs du despotisme,
qui dans leurs écrits ont vanté l'adresse,
la perfidie, la violence comme des
vertus politiques & royales. Tout cela
n'est qu'un profond & coupable délire.
La paix, la paix seule, voilà la source

premiere de la grandeur & de la sûreté
des Empires. Elle augmente à l'in-
fini la population, seule force réelle
des peuples ; elle protége l'agriculture
& féconde les campagnes ; elle vivifie
le commerce toujours paralisé dans
les guerres : Elle facilite les voyages
& la communication des plaisirs &
des arts : Elle favorise l'établissement
des polices intérieures, adoucit les
mœurs & multiplie les vertus des hommes libres : Elle fait en un mot couler
le bonheur & propage l'activité dans
toutes les parties des différents corps
politiques. Que ne sera-t-elle point
lorsque l'Europe entiere n'en sera plus
qu'un seul ? Nous verrons alors un fleuve
de biens & de richesses circuler, par
un mouvement rapide & continuel,
du Nord au Midi & du Midi jusqu'au
Nord. Autrefois on voyageoit parce
qu'on étoit malheureux dans sa patrie,
ou plutôt parce qu'on n'avoit point
de patrie : désormais on voyagera

parce que l'on fera heureux partout,
& que l'on rencontrera dans tous les
pays des compatriotes & des freres ;
& le grand & beau titre de citoyen
du monde, que quelques sages se font
attribué, se trouvera realisé pour tous
les individus, qui voudront s'en dé-
corer.

La nature, la raison, l'intérêt in-
dividuel bien entendu, conseillent
donc cette pacification générale. Mais
comme j'ai paru mettre pour base à
mon système la chute des Rois, &
que d'ailleur tous les peuples font
naturellement & politiquement libres
de se donner telle constitution que
bon leur semblera, que deviendra tout
ce beau projet, si quelques Nations
jugeoient à propos de conserver des
Rois; si les Hongrois, par exemple,
encore enthousiasmés de Marie Thé-
rese, ou les Russes encore dominés
par le génie de Pierre I, ne vouloient
pas briser les Trônes de leurs suc-

cesseurs ? mon projet ne rentreroit pas pour cela dans la classe des Chiméres; mais il s'effectueroit avec quelques difficultés de plus, & quelques années plus tard peut-être.

Le concordat de pacification se passeroit d'abord entre toutes les Nations déroyalisées: ce qui présenteroit déja une coalition redoutable aux Rois, qui auroient encore soif de sang humain. Ensuite on les sommeroit de reconnoître chaque République particuliere. En cas de refus, on les y forceroit. La guerre alors seroit juste & la victoire sûre. On n'a jamais été vaincu, quand on a combattu pour la Liberté. On feroit plus encore pour le bien de la Paix. (*g*) On leur propo-seroit d'accéder à la ligue pacifique des

______

(*g*) Je ne me suis proposé cette objec-tion, que pour répondre à toutes les hypothéses, qu'on peut faire contre mon systême. Je suis au fond très persuadé que sous très-peu de temps, les Rois disparoitront de la surface de l'Europe.

premiers co-alliés. Les effrayantes leçons, que reçoivent les Rois, les engageroient peut être à prendre ce parti, le plus sûr pour eux. Ils ont entendu avec pâleur & frémissement le terrible fracas, qu'à fait le Trône de Louis XVI en s'écroulant. Ils sçavent que le leur se mine tous les jours, & chancelle de plus en plus. Si tout à coup ils renonçoient au plus cheri de leurs amusemens, au plaisir du carnage, si les Rois se contentoient d'être encore les chefs, mais non plus les bourreaux des Nations, alors la paix perpétuelle s'établiroit avec presqu'autant de solidité, que si tous les Gouvernemens étoient républicains. Mais j'en avertis l'Europe. Il faudroit les surveiller, & les traiter à peu près comme des animaux féroces, qu'on auroit apprivoisés, mais qui n'ont pas oublié leur naturel, & qui n'attendent que l'occasion, pour dévorer encore, Il faudroit avoir sur les Frontieres voifines une force impofante, pour ténir en échec leur ambition, & prévenir, par une invafion fubite, le moindre armement qu'ils pourroient faire. Enfin lorfque la République auroit pris fon à - plomb, lorfque la Paix paroitroit tellement inébranlable, que les Rois eux mêmes ne pourroient plus la troubler, alors on fouleroit aux pieds les épées & les poignards, alors on changeroit en focs & en monuments patriotiques, les fufils & les Canons deftructeurs.

Calculez, ô hommes, toujours malheureux, parce que vous fûtes toujours guerriers & fanguinaires : comptez combien d'individus conservés, combien de tréfors épargnés, combien d'horreurs & de calamités évitées. Non feulement vous n'inonderez plus de votre fang des Champs de bataille, mais vous n'aurez plus à alimenter de vos fueurs un Tréfor royal, vrai tonneau des Danaïdes. Des milliers d'hom-

mes qui, fous les Rois, auroient été
moiſſonnés dès leur jeune âge, jōui-
ront de la vie. Au lieu d'être la
proie de Mars, ils goûteront les
douceurs de l'Hymenée. Ils auront des
épouſes tendres & fécondes, qu'ils ren-
dront heureuſes : Ils feront peres d'une
famille nombreuſe & libre. Un plomb
meurtrier, une bayonnette ſanglante
leur auroit donné la mort : Ils ne la
recevront dans une douce vielleſſe que
de la nature. La boucherie de l'eſpéce
humaine ceſſera, un léger impôt ſuffira.
On n'aura plus beſoin de ſoudoyer
de ces armées nombreuſes, qui font
la ruine & la terreur des Peuples. Un
foible contingent en hommes & en
argent de la part de chacun des Etats
alliés, fournira des forces militaires &
navales plus que ſuffiſantes, pour reſiſter avec avantage aux Tartares,
aux Turcs, & aux puiſſances barbareſ-
ques, ſi toutefois elles oſoient nous
attaquer. Car il n'eſt pas probable, quand

ils verront cette coalition formidable, que jamais ils tentent de nous provoquer.

C'est la honte des Rois qu'ils n'aient pu empêcher les brigands de l'Asie d'envahir des provinces, & les Corsaires Africains de ravir sur les mers des richesses immenses, & de remplir leurs habitations d'une multitude innombrable de captifs Européens. Leur ambition étoit cruelle, mais étroite & mal combinée. Jamais elle n'eut le but grand & louable de chasser d'Europe les Ottomans, ou de détruire les Pirates. Les Despotes étoient trop divisés entre eux, pour songer à s'unir contre l'ennemi commun. Eh! que leur importoit-il après tout que les Sérails de Constantinople, ou les Bagnes de Tunis & d'Alger regorgeassent de leurs propres sujets? Ils n'étoient, à le bien prendre, guéres plus esclaves en Afrique, que dans le pays de leur naissance. Et d'ailleurs quelques milljer de plus ou de moins d'individus, relegués loin de leur famille & de leur patrie, empalés peut-être, ou expirants sous le baton, ne sont qu'une bagatelle peu faite pour inquieter nos compatiffants Monarques. Ils combinoient froidement, ils ordonnoient avec sollemnité les maffacres des Chretiens, qu'ils appelloient leurs freres, mais on ne fcait par quelle fatalité finguliere la vie des Mufulmans étoit la feule, qu'ils refpectaffent dans leur férocité. Mais l'Europe, une fois coalifée, ne fouffrira plus que fes enfans, libres par leur nature & par fa conftitution, foient encore la proie de ces odieux Pirates, dont l'exiftence couvre tous les Potentats d'ignominie. Les Mers en feront nettoyées, le commerce fera libre, la navigation fûre. Ils rentreront dans leurs repaires, & s'il le faut, on ira les chercher, comme des oifeaux de proie, jufques dans leur nid, & on les y détruira de fond en comble.

Je pense même, & j'ai des raisons bien fortes pour le croire avec assurance, que sous peu d'années le Monstre également ridicule & sanguinaire, qu'on appele Grand Sultan sera repoussé au dela du Bosphore, & qu'il ne pourra plus envoyer le funeste cordon, qu'à des Asiatiques, digne d'un tel présent. Je ne doute pas que ces côntrées de Macédoine & de la Grece, jadis si celébres, & maintenant si déshonorées & si malheureuses, ne soient rappellées à la liberté par l'Europe entiere, qui les revendiquera & les délivrera comme une partie d'elle même ; & que nous ne voyons bientôt renaître dans les mêmes lieux Athenes & Lacédémone plus libres, plus florissantes, plus sagement républicaines qu'elles ne le furent autrefois, même dans leurs beaux jours. Cette gloire est reservée sans doute à l'Europe entiere,

Mais les François eux seuls seroient capables d'achever cette grande entreprise. Leurs ancêtres ont déjà pris Constantinople pour une moins belle cause. Qu'on leur laisse seulement les passages libres jusques là, & bientôt ils purgeront la Grece des Ottomans, comme ils ont purgé le Brabant des Autrichiens : bientôt ils feront évacuer la ville des Sultans, avec autant de promptitude que Mons, Gand & Bruxelles.

Mais ici mes idées s'agrandissent & s'élevent. Je ne voyois d'abord que la liberté de l'Europe, maintenant je vois celle du monde entier. Je vois le bonheur & la paix parcourir l'Asie, antique séjour de l'esclavage ; remplir & surpasser même en Afrique les vœux, que forment les Philosophes, amis des Noirs ; civiliser & réunir les Sauvages de l'Amérique, s'établir d'une maniere fixe & durable sur toutes les parties du Globe. Tôt ou tard, il n'y aura plus dans le monde qu'une Religion celle de l'Evangile, un seul sentiment, celui de l'humanité : une seule mesure, celle de l'Egalité : une seule politique, celle de la bonne foi, de la fraternité : un seul Gouvernement, celui des Républiques. Les différentes régions iront de concert, au flambeau de la raison, sans se heurter ni se géner dans leur marche, à peu près comme les Astres roulent dans les Cieux, à la voix de la nature, avec un ordre constant & inaltérable.

Peuple François, peuple philosophe & courageux, qui sçais fortement penser & fortement agir, c'est toi qui le premier a bien connu les vrais principes, c'est toi qui en a développé toutes les conséquences, & qui les a défendu avec une énergie, une constance plus qu'héroique. Tu viens de donner l'éveil à l'Europe. Tes armes seules ont déja délivré la Savoie, la

Belgique. Mais tu n'as pas encore affez fait : tous les autres peuples demandent ton fecours & tendent les bras à tes guerriers. Déclares donc que tu protegeras efficacement tous ceux qui voudront conquérir la Liberté, le premier bien, la feule nobleffe de l'homme. Sois partout le vainqueur des Rois, & le bienfaiteur du genre humain, N'oublies pas que les droits de l'homme font ton ouvrage : propages-en les principes facrés par tes écrits, publies-les au bruit de tes canons victorieux. S'il eft encore quelque nation trop timide ou trop foible, elle s'enhardira, elle fe levera, elle ofera tout, à la vue de tes bataillons auxiliaires. Acheves, peuple magnanime, ce que tu as commencé avec tant de gloire. Affranchis l'univers. Décharges-le des Trônes, qui l'écrafent encore, & mérite par tes exploits immortels, & par tes importants fervices, non ſeulement l'eſtime & l'admiration, mais l'amitié & la reconnoiſſance des peuples.

ERRATA.

P. 17. l. 25. i prit. *liſez*, il prit.

P. 20. l. 4. Tous. *liſez*, tout.

P. 29. l. 23. augmentée. *liſez*, augmenté.

P. 27. l. 1. invincibement. *liſez*, invinciblement.

P. 27. l. 9. or on peut: dans. *liſez*, or on peut dans.

P. 39. l. 22. Congré. *liſez*, Congrés.